Dieses Buch gehört

Sei lieb zu diesem Buch!

Für meine allerbeste Mutter

ISBN 3-88547-847-1


Die Originalausgabe erschien 1991
unter dem Titel „Where is our Mama?"
bei Dutton Children's Books, New York,
a division of Penguin Books USA Inc.

Aus dem Englischen von
Elisabeth und Ulla Krämer

Printed in Hong Kong

DIANE GOODE

# WO IST MAMA?

Eine fesselnde Suche im Paris der 20er Jahre

COPPENRATH VERLAG

Ein Windstoß genügte...

um Mamas Hut quer durch den ganzen Bahnhof fliegen zu lassen. „Oh, la la!" rief sie. „Ihr beide bleibt hier schön sitzen, bis ich mit meinem Hut zurück bin!"

Mama verschwand in der
Menge. Wir warteten...

und warteten.

Wir saßen bestimmt eine Ewigkeit bei unseren Koffern und warteten. Plötzlich kamen wir uns schrecklich verloren vor. Ein Polizist hörte unser Weinen.

„Na, na", brummte er besorgt.

„Was fehlt euch denn?"

„Unsere Mama", schluchzten wir, „unsere Mama ist weg!"

„Keine Sorge", versprach er, „die finden wir doch bestimmt ganz schnell. Wie heißt sie denn?"

„MAMA", antworteten wir einstimmig.

„So, so", sagte er. „Und wie sieht sie denn aus?"

„Mama ist die Allerschönste von der Welt!"

„Ah so", sagte er, „dann werden wir sie sicher gleich finden."

„Ist das eure Mama?“ fragte uns der Polizist.

„Oh nein, unsere Mama ist sehr stark! Sie kann ihr Gepäck ganz alleine tragen.“

„Ist das eure Mama?"
„Oh nein, unsere Mama liest viel lieber Bücher! Sie hat bestimmt die meisten von der Welt."

FOLIES
PARIS
STUDIO
UHU
JOURNAL
LA LINGERIE
VOGU
SPORTS

THEATRE
SILENCE!
SAVEZ-VOUS?

„Ist das eure Mama?“
„Oh nein, unsere Mama braucht doch nicht zu flüstern. Sie hat die allerschönste Stimme von der Welt.“

„Ist das eure Mama?"
„Oh nein, unsere Mama ist ganz schlank. Aber trotzdem kocht sie das allerbeste Essen von der Welt."

AGA

„Ist das eure Mama?"
„Oh nein, unsere Mama würde so ein Ding nie aufsetzen. Sie trägt nur die allerschönsten Hüte von der Welt!"

„Ist das eure Mama?"
„Oh nein, unsere Mama ist doch nicht so ein Angsthase. Sie ist die allermutigste Mama von der Welt!"

„Ist das eure Mama?"
„Oh nein, unsere Mama würde sowas doch nie machen, das ist viel zu gefährlich. Unsere Mama ist bestimmt die Klügste von der Welt!"

„Ist das eure Mama?“
„Oh nein! Wenn unsere Mama etwas sagt, hören alle genau zu.
Oh! Mir fällt gerade ein, was Mama uns gesagt hat.“

1
2
3

24

„Sie hat gesagt, daß wir im
Bahnhof auf sie warten sollen."

PARIS AUSTERLITZ
EXPRESS

SUD-EXPRESS

de PLAISIR
TRAINS de

„MAMA! MAMA!“

„Siehst du, das ist unsere Mama –
die allerbeste Mama von der Welt!“

Die bekannte Illustratorin
Diane Goode hat nach vielen
Recherchen das Paris der
Zwanziger Jahre in ihren
Bildern wieder aufleben
lassen. Sie begab sich auf die
Spuren ihrer französischen
Mutter, der dieses mit Liebe
zum Detail illustrierte Buch
gewidmet ist.